Johann Bergobzoomer

Bergobzooms Letztes Wort An Das Wiener Publikum

Johann Bergobzoomer

Bergobzooms Letztes Wort An Das Wiener Publikum

ISBN/EAN: 9783743368262

Hergestellt in Europa, USA, Kanada, Australien, Japan

Cover: Foto ©Andreas Hilbeck / pixelio.de

Manufactured and distributed by brebook publishing software
(www.brebook.com)

Johann Bergobzoomer

Bergobzooms Letztes Wort An Das Wiener Publikum

Bergobzooms

Letztes Wort

an das

Wiener Publikum.

1782.

Der schleichende, süsse Komplimentirton, schickte sich weder zu dem Vorwurfe, noch zu der Einkleidung. Auch liebt ihn der Verfasser überhaupt nicht; der mehr das Lob der Bescheidenheit, als der Höflichkeit sucht — — —

— — — — —

Der Neidische, der Hämische, der Rangsüchtige, der Verhetzer, ist der wahre Grobe; er mag sich noch so höflich ausdrücken.

G. E. Lessings L. B. I. Th.
W. R. 5. and 6. S.

Theuerstes!
Verehrungswürdiges Publikum!

Nie hat wohl Jemand die grosse Erlaubniß Josephs, frey zu reden, und frey zu schreiben, mehr gesegnet, als ich; da ich durch sie fähig bin, Dir, bey dem traurigen Abschiede von Dir, die Ursache meiner Entfernung zu entwickeln, Und die bittern Empfindungen mitzutheilen, in denen mein Herz über den Verlust meiner theuren Vaterstadt, und ihren Bewohnern wehmüthig zerfließt!

Weber kriechende Schmeicheley, noch niedertächtiger Groll, sondern Wahrheit und Thatsache sollen meine Feder führen, und mich bey Jedem entschuldigen, der mir verargt, daß ich diesen Schritt that: den ich — so schwer er mir ward — — thun mußte — !

Niemand kann den Werth, und die vorzügliche Gnade, unter dem unmittelbaren Schuße Sr. K. K. Majestät zu stehen, und ein Mitglied der Bühne zu seyn; die der beste Monarch, der gütigste Vater seines Landes, immer für das Vergnügen seines Volks wachend, so hoch erhoben hat: — Niemand kann diese Gnade, so ganz in ihrem Umfange fühlen, als ich! — — Niemand kann das Glück vom Hofe, Noblesse, und Publikum, acht Jahre hindurch, mit dem großmuthsvollesten Beifall, Huld und Nachsicht, Liebe und Achtung bewahret zu seyn; wärmer, lebendiger und dankbarer fühlen, als ich! — — — Es kann also weder

Thorheit, noch Undank, noch Eigensinn, noch weniger niederträchtiger Eigennutz seyn, was mich zu diesem Schritt verleitet hat: ich würde mich selbst — wenn das wäre — eben so tief verachten, als ich die tief verachte, die mich dazu gebracht haben.

Schon von dem Abend meines ersten Auftritts an — Wo mir, nach der Vorstellung: Richard des dritten, die ausgezeichnete, zuvor, noch keinem Schauspieler widerfahrene Ehre, hervorgerufen zu werden, zu Theil ward; und mich die Vorsteher des Theaters so wohl, als die Herren Kommissarien der löbl. N. De. Regierung, zwangen, so abgemattet, entstellt, und entkleidet, als ich mich nach Hause tragen lassen wollte, vor dem Publikum zu erscheinen, und Ihm, für diese so ausserordentliche Ehre, zu danken: — Schon von diesem feyerlichen Abend an, hegte ich den stolzen Wunsch: der, mit jedem ähnlichen und folgenden Auftritten, verstärket wurde; mein übriges Leben, dem

Dienste

Dienste des besten Monarchen, dem Vergnügen
des großmuthsvollen Publikum aufzuopfern; und ruhig und froh, es, unter seinem Schutze,
hier in seinem Schoose, in dem Schoose meines
Vaterlandes — für das ich, in dem sieben
jährigen Krieg, gedienet, gestritten, und ge
blutet habe — zu beschliessen: — — Aber,
die Gnade des Hofs, die Achtung der hohen
Noblesse, die Nachsicht der Kenner, und der
Beifall des Publikums, weckten den Neid und
die hämische Mißgunst so stark; daß sie mich
so lange drückten, und neckten, — bis sie
mich aus dem Schoose meines Vaterlandes
spielten, und mich dem Dienste, eines Monar
chen, und eines Publikums, zu entsagen zwan
gen; unter dem, — und bei dem, ich so
gerne mein Leben beschlossen hätte.

Ich mag hier der niederträchtigen Kunst
griffe, durch die man mich, in verschiedenen
auswärtigen Journalen, im wahren Pasquil
lantenton heruntersetzte, und meine Ehre, vor

der

der Welt; zu brandmarken suchte; in denen die
unverschämte Frechheit stand, von der oben er-
wähnten, mir am Tage meines ersten Auftritts,
widerfahrnen Ehre, öffentlich zu behaupten, daß
sie erkaufte Kabale gewesen sey; und nicht sowohl mich, als das verehrungswürdige Publikum, durch die niederträchtigsten Ausbrücke,
beleibigte — — — Alles dessen will ich
nicht erwähnen, noch — ob ich schon könnte —
mit dem Namen berer, die sich so herabwürdig-
ten, dieses Papier verunzieren; da sie ohnehin,
ganz Wien, ja ganz Deutschland, zu ihrer
Schande, kennet: Ich will eben so wenig alle der
Schikanen gedenken, denen ich, durch acht
Jahre, durch die ganze Zeit meines Hierseyns,
ausgesetzet war, und die jeben andern, schon
im ersten Jahre seines Engagements, fortgetrie-
ben hätten; sondern, ich will hier blos die Ur-
sachen entwickeln, die mich zu dem Schritte
zwangen, den ich that — und mich, dieses
Schrittes wegen, sowohl vor meinem Monat-

chen,

chen, als vor Dir, verehrungswürdiges
Publikum, entschuldigen! — — —

Bei meinem Engagement, wurde zwischen
mir, und der vorigen Direktion, der Kontrakt
geschlossen: — „ich sollte — weil man
„nicht wissen konnte, wie mich das Publikum
„aufnehmen, und ob ich gefallen würde, einige
„Gastrollen spielen, für die, die erste Ein-
„nahme mein seyn sollte: — dafür, daß ich
„das erste Jahr umsonst dienen, und von
„Prag, wo ich vortheilhafter und besser gestan-
„den, mich, mit allen meinen Effekten, auf
„meine Kosten, ohne dazu erhaltenem Reise-
„geld, nach Wien liefern, und das Warschauer
„Engagement, von 400 Dukaten, und einer
„freyen Einnahme, fahren lassen sollte, und
„der jährlichen, vom Herrn Administra-
„tor Grafen von Keglowitz, versprochenen
„100 fl. Zulage, — welches im Wesent-
„lichen, bis itzt, über 2000 und etliche hun-
„dert Gulden, baaren Verlust machet, ent-
„sagte!

„fagte: — Sollte ich, im dritten und
„fünften Jahre, eine ganze freye Einnahme,
„ohne Abzug der Kosten, erhalten..„ —
Um mich, um die Direktion, und das Publikum verdient zu machen, nahm ich den Antrag
an; versorgte mich mit eigener Garderobe,
und allen Theaterbedürfnissen; gab eine Menge
Schauspiele unentgeltlich her; ließ solche, durch
die Aufmunterung so vieler Großen, auf meine Kosten, aus verschiedenen Sprachen, über-
setzen, und das alles, mir dadurch Verdienste
zu erwerben, und meine Einnahmen; im
dritten und fünften Jahre desto gewisser
zu machen: — Schon war ich am Ziel —
Schon ward mir, vom Herrn Administrator,
und den Herrn Assessoren, auf Ostern die Zu-
sage gegeben; als die Veränderung, mit dem
Nationaltheater vergieng — — Ich mel-
dete mich, — wurde vertröstet — wurde
aufgehalten — — und, als ich nach ver-
flossenem ersten Jahre, vom Herrn Hofrath
Baron von Rieumayer, meinen Kontrakt, der

A 5   mir,

mir, bey der Veränderung des Theaters, abs genommen worden, zurückforderte, unr meine gerechtsame Forderung, am gehörigen Orte zu suchen, erhielt ich von Ihm die Antwort: —

„Der Kontrakt ist verloren gegangen: „und zudem könnte solcher mir auch „nichts nutzen; da Se. Majestät der „Kaiser, mit einem Unterthan keinen „Kontrakt machen kann„ — —!!!

Obschon die Löbl. K. K. N. Oe. Regierung, mir nach allen Regeln der Rechte, der Gesetze und der Billigkeit, diese Einnahme, als verdienten Lieblohn, zugestanden; und mich deshalb an die K. K. Obrsthofdirektion wies, und der sel. Fürst von Rhevenhüller, in Beyseyn des Herrn Hofraths Bar. von Kienmayer, und des K. K.-Hofsecret. Herrn von Merche, meine gerechtsame Forderung, als verdienten Lieblohn darauf anerkannte; und endlich der Herr Hofrath Baron von Kienmayer, mich mit 100

Dukaten Schadloshaltung, für Jede, zufrieden zu seyn, überredete; so habe ich doch bis itzt, weder Einnahme noch Zulage, noch Entschädigung erhalten. — Dazu kam: daß meine Feinde, mich, bei der neuen Uebernahme des Theaters, welches sie an sich zu bringen suchten, zwar in die zweyte Klasse der Schauspieler setzten; aber, daß ich, nach der britten Klasse besoldet werden sollte; wann nicht Se. K. K. Majestät, aus angebohrner Gerechtigkeit, und besonderer Gnade, mich in die erste Klasse zu setzen besohlen hätten: wodurch nun freilich, Neid und Mißgunst, mehr als jemals, zu meiner-Kränkung, aufgehetzet wurden. — Seitdem, hatten die bittersten Kränkungen, die ausgesuchtesten Schikanen, kein Ende. — Ja Stephanis des J. Beleidigungen giengen so weit, daß sie öffentlich wurden; und ob ich schon, von der K. K. N. De. Regierung, die gerechte Genugthuung erhielt; daß Er, in Beyseyn der Mitglieder des K. K. Nationaltheaters, vor der löbl. Kommißion

mißion, öffentliche Abbitte thun mußte; so
mußte ich doch — nachdem ich von der K. K.
N. De. Regier. Commißion zum fernern Blei-
ben beredet worden, eine noch in meinen Hän-
den befindliche Schrift, zum Hierbleiben, bei
der K. K. N. De. Regierung unterschrieben
hatte; von der Obersten Hofdirektion mit einem
andern Ueberschlag um diese Schrift, mit dem
Bescheid bestraft werden —

„In des Supplikantens Bitte ist ge-

„williget. und die vorige Gage a 1—

„Novbr. neuerdings angewiesen „

Mußte ich doch, — ungeachtet ich, nach
dem mündlich- und schriftlichen Zeugniß, des
Theatermedicus bis 17ten Oct. an einem hitzi-
gen Fieber, krank gelegen, und also zum Agiren
gänzlich unfähig gewesen, für die, bei der K.
K. N. De. Regierung gesuchte und auch erhal-
tene Gerechtigkeit, mit dem Verlust einer Mo-
nath-

nakigage, mit dem Verlust, von 100 baarm
Gulden, bestrafet werden. — —
Welcher Urtheilsspruch war nun gerecht? —
— — Entweder hat die K. K. N. Oe.
Regierung, Stephanie dem J. zu viel gethan,
oder, die K. K. Oberste Hofdirektion, mir?
— Se. Majestät, unser gerechtester
Kaiser im Lager, an der Spitze seiner
Völker, mit dem Wohl und blühenden Zu=
stand seiner Staaten beschäftiget, wußte von
diesem allen nichts; sonst würden es Bosheit
und Niederträchtigkeit in ihrer Verfolgung,
nie dahin haben bringen können. — —

Fast alle übrige Mitglieder, des Natio=
naltheaters erhielten der Zeit über, entweder
Zulagen, oder Einnahmen; ich allein ward
vergessen; ich, der ich doch, nach dem Aus=
spruche der Gerechtigkeit, die gerechtesten An=
sprüche darauf hatte; und als ich mich, bei der
K. K. Oberst Hofdirektion, gemeldet; erhielt
ich verschiedenemal zur Antwort: —

„Se. Majestät der Kaiser wissen,

„daß sie es nicht bedürfen.„

Als ob man durch List und Trug, durch Fresn
sen und Saufen, durch Schuldmachen und Leut
teanseßen, und andern Niederträchtigkeiten,
auf die Gnaden des Hofes Ansprüche zu machen
hätte? — — — Und mit der
Eristenz des Theatralausschusses, erstreckte
sich diese Kabale; dieser jäinnrerliche, schmußge
Neid, sogar bis auf die Mittheilung der Rol
len; denn, ich bekam, seit 3 und einem halben
Jahre, nur diejenigen Rollen, zu spielen, die
diese Mörder des Genies und der Talente, entn
weder nicht spielen wollten, oder nicht spielen
konnten.

Indeß hielt mich die große Gnade meines
Monarchen, die unschäßbare Güte des besten
Publikums, immer aufrecht; — ich trug —
litt — und dulbete gerne! — Sezte alles das
zu, was ich mir, durch lange Jahre, mühsam,

an andern Orten, ersparet hatte, und hoffte, durch eine moralische Lebensart, meine Feinde zu besiegen: — Allein — selbst dieses moralische Denken ward mir zum Verbrechen angerechnet, und während meiner letzten, langen, schweren, und schmerzhaften Krankheit; — an welcher nur die bittern Kränkungen des Ausschusses allein Schuld waren; die ben Medicus *D.* Deppinger durch die Verwerfung seines und des Chirurgus Attestat, zwangen, Hülfsmittel zu gebrauchen, die beynahe meinen Tod verursachet hätten; wenn sein Fleiß und unermüdeter Eifer, welcher verdienet angerühmet zu werden, mich nicht wieder mit Gewalt der eisernen Pforte des Todes entrissen hätte — Selbst in dieser meiner traurigen Lage, wo ich fast, durch 7 Wochen, jeden Tag, ja, mit jedem Augenblick, meinen physikalischen Tod vor Augen sah, arbeiteten meine Feinde, an meinem moralischen Grabe — Doch; da der erhabenste Menschenfreund, sich täglich nach meiner Gesundheit zu erkundigen, die allerhöchste Gnade hatte, und die Güte des ver-

verehrungswürdigen Publikums, von der ich
alle Tage neue Beweise der Liebe und Achtung
erhielt, und mir diese süße Erquickung neues
Leben gab, wurde an einem andern schändlichen
Plane, mich zu verdrängen, gearbeitet: —
Als ich, nach dieser schweren Krankheit, bei
meinem ersten Ausgange, schwach und entkräf-
tet, diesem erhabenen Menschenfreund, meinen
allergnädigsten Herrn und Monarchen, von
Dank und Ehrfurcht durchdrungen, die Rüh-
rung meines überfliessenden Herzens, zu erken-
nen gab, und aus dem Munde dieses grossen
Vaters seiner Unterthanen, in Beyseyn aller sich
im Kontrolorgang befindenden dankenden und
bittenden Personen, die segensvollen Worte
hörte —

„ich sollte Landluft und Baad gebrau-
„chen, um meine noch schwankende Ge-
„sundheit, vollkommen herzustellen,
„weil man mich noch weiter gebrauchen
„könnte „ —

So ward meine Seele von neuer Kraft durchdrungen; ich fühlte mich wieder stark, wieder
thätig und wirksam — das Andenken an Kabale, Unterdrückung und Bosheit floh gänzlich
aus meiner Seele; meine Furcht für die Zu-
kunft schwand; der Gedanke, der Erste der
Menschen schätzt dich — denkt deiner Wenig-
keit — will dich schützen, — wird dich schützen! — und durch dieses Denken nahm meine
Gesundheit sichtbar und merklich zu. — — —
Wohin mich auch mein Schicksal die übrigen
Tage meines Lebens führen wird, so wird das
Andenken an die so große Gnade meines Monarchen mich feyerlich umschweben! selbst in
künftigen trüben Stunden meine Seele erhei-
tern; und nie — nie werd ich aufhören, die
Gnade eines Monarchen zu rühmen, dessen
vornehmstes Geschäft ist, Menschen glücklich zu
machen!

was ich aber — - festes Vertrauens auf die Gna=
de meines Monarchen — damals für Geschwätz
des hämischen Neides und der niederträchtigen
Bosheit erklärte — hörte, daß eine Menge
Mitglieder des Theaters abgedankt werden soll=
ten, an deren Spitze ich stünde — — aber
leider! war es nicht bloßes Geschwätz! Leider!
ward das Ziel aller meiner Wünsche, ruhig und
froh im Schooße meiner Vaterstadt meinen letz=
ten Hauch zu verleben, verrückt! — wa= lei=
der! alle Hoffnung, auf ein ewiges Brod, ver=
schwunden! — Bei meiner Zurückkunft von
Baaden bestätigte mir ganz Wien diese traurige
Wahrheit - - bestätigte mir: daß ich gewiß das
Opfer des Neides und der Kabale geworden
seyn würde, wenn nicht Se. Majestät, mein
gerechtester Kaiser, es widerrufen hätte; und
als Se. Majestät mir nachher, bey meiner al=
leruntertänigsten Danksagung für die allergnä=
digste Erlaubniß, das Baad brauchen zu dürfen,
mit eigenem Munde zu versichern die allerhöch=
ste Gnade hatten —„

                                    „daß

„daß an der ganzen Sache nichts wäre.„
so hatte Stephanie der J. doch Dreiſtigkeit genug, Sr. Majeſtät Worte dadurch zur Un-
wahrheit zu machen, daß er behauptete:

„Wenn nicht des Inſpicienten Nachläſ-
„ſigkeit — der er doch ſelbſt war —
„daran ſchuld geweſen wäre, und die-
„ſer mir das Billet 2 Tage früher zu-
„geſchickt hätte, ſo hätten es Se. Ma-
„jeſtät der Kaiſer ſelbſt nicht mehr wi-
„derrufen können.

Kann man die Unverſchämtheit weiter trei-
ben? — Und ſo wird immer, wenn gleich der
im Kabinet ſich mit dem Glück ſeiner Unterthanen beſchäftigte Monarch an wichtigere Sachen denket, vom Ausſchuß mit dem Donner-
wort herumgeſchleudert: — Se. Majeſtät der
Kaiſer haben es ſo befohlen. — Iſt nicht zu be-
fürchten, daß dieſer Vater ſeines Volks, ſeine
Aufmerkſamkeit und Unterſtützung einer Bühne
wieder entziehen wird, die kaum ins Werden
gekommen iſt. —

Nach

Nach Scheiterung dieses Plans sannen Neid und Kabale auf andere Mittel, mir das Leben sauer und verdrüßlich zu machen. Man gab eine Menge Stücke nicht, worinnen ich gute und ausgezeichnete Rollen hatte — ja viele wurden ganz aus dem Repertoir geworfen — und bey Besetzung der neuen Stücke wurde meiner gänzlich vergessen. — Man gab Rollen, die nach allem Rechte, nach meinem Contrakte, und nach dem gerechten Ausspruch des Kaisers, der mich in die erste Klasse zu setzen, und mich nach meinem Contrakt zu halten, zu weisen, die allerhöchste Gnade hatte, — die also, nach allem Rechte mir zugehörten, andern; brachte meiner Ehre eine empfindliche Wunde nach der andern bei, und gab mir nur solche Karakter zu spielen, die zu spielen die Kräfte eines andern nicht hinreichten, oder, die mich durch ihre Bosheit und Infamität dem Volke verhaßt machen sollten.—
So können natürlich unrecht vertheilte Rollen den besten Schauspieler zurück setzen, und wodurch mancher durchreisender Fremde von vie-

im Gliedern der hiesigen Bühne eine falsche Idee bekommen muß.

Endlich, als Herr Graf von Kobenzel, Kaiserl. Königl. Gesandter am Kaiserl. Russischen Hofe, mir von Petersburg durch den hier nach dem Lager gehenden Kaiserl. Königl. Courier sagen ließ: — „Beide Kaiserl. Hoheiten freueten sich, mich zu sehen;„ war das ein neuer Stoff für den boshaften Neid, mich zu kränken, indem sie den Befehl Sr. Majestät des Kaisers: „daß jeder von den besten Schauspielern des Nationaltheaters sich 2 Hauptrollen wählen sollte, um sie in Gegenwart der hohen Gäste, die erwartet würden, zu spielen,„ dahin auslegten, daß nur, ohne Müller, der löbl. Theatralausschuß, und Weidmann, Mad. Sacco, beyde Jaquets, und Mad. Stephanie, auf diese Ehre Anspruch zu machen hätten: ich aber, wie die übrigen, von dieser Gnade ausgeschlossen wäre — — — Eine solche offenbare Beleidigung meiner Ehre, kalt

blütig,

blütig, oder gar ruhig zu ertragen, hätte ich
nur ein Mensch seyn müssen, wie diejenigen, die
mich beleidigten, ein Mensch von dem schmuz-
lichsten niedrigsten Karakter, und das, dem
Himmel sey Dank! war ich nie, und werd' es,
mit Gottes Beystand, auch durch keinen Zufall
werden. — Ich gieng also, mich darüber gegen
die Kaiserl. Königl. Oberst-Hofdirektion zu be-
schweren, und erhielt vom Herrn Hofrath, Baron von Kienmayr, zur Antwort:

„Se. Majestät der Kaiser hab' es so
befohlen.„

Nach einer solchen Erklärung, die man zu
den mannigfaltigen Kränkungen und Herabwür-
digungen von Neid und Bosheit hiezu kam;
wo Neid und Bosheit so laut sausten, daß
Brockmann, klein und hämisch, ja komödian-
disch genug war, gegen die neuen Mitglieder
des Nationaltheaters öffentlich zu sagen: „daß
das Publikum mit mir unzufrieden sey; ich ein
Spott der Kinder zu werden anfieng, und man
schon längst die Lust, mich zu sehen, verloren
hätte.„

hätte. „ — Was konnte ich bey solchen Umstän
den nach einer solchen Erklärung anders denken
und glauben — als — daß Neid und Bosheit,
durch Verläumdung, mich nun auch endlich um
die Gnade meines Monarchen gebracht, und
Seine sonst so strenge Gerechtigkeitsliebe zu meinem Nachtheil eingenommen hatte — Hier wäre Gleichgültigkeit nicht mehr Schlaf der Seele — Nein — Hier wäre Gleichgültigkeit ein
offenbarer moralischer Mord des guten Namens — — und, was könnte ich, bei so einem
Gedanken, als ein Mann von Ehre, anders
thun? als zu bitten: einige Jahre reisen zu
dürfen, oder mich mit der Entlassung zu be-
glücken: — Einem, wider mich, durch giftige
Vorstellungen, eingenommenen Herrn, meine
Dienste aufzudringen, wäre Beleidigung des
Herrn, und kränkende Erniedrigung meiner selbst
gewesen: Ich möchte, um alles in der Welt,
nicht denen gleich seyn, die mich zu diesem
Schritt gebracht; aber dadurch wäre ich Ihnen
gleich geworden, und hätte auf ewig meine Ehre,

in

in den Augen aller Rechtschaffenen, gebrand‍market; wofür mich Gott und mein Herz, bis zum Ende meines Lebens, bewahren wollen!

Selbst nach dieser, von Sr. Majestät dem Kaiser, auf meine inständigste Bitte, gnädigst bewilligte Entlassung, hörten Neid und Bos‍heit noch nicht auf mich zu kränken, und mich so gar um meine gerechtsame Foderung zu bringen; denn als ich, auf Befehl Sr. Excellenz, des Herrn Grafen von Rosenberg, zwey Schauspie‍le, ein Trauer‍, und ein Lustspiel eingereicht hat‍te, für die ich — „

„zur Entschädigung meines ver‍
„lornen Liedlohns, der verlornen
„zweyen Einnahmen, der Reise‍
„kosten, baar ausgelegten Geldern,
„der zurückgebliebenen Hundert
„Gulden jährlichen Zulage, und
„der abgezogenen Hundert Gul‍
„den „

die dritte Einnahme erhalten sollte; so wurden

sie

sie beyde, vom Theatralausschuß, — dem mein
Name schon genug war, solche zu verwerfen,
als unannehmbar, zurückgegeben —— Ob ich
gleich von Männern von Wichtigkeit, Kenntniß
und Einsicht, sehr schmeichelhafte Urtheile über
dieselbe erhalten habe, und die ich einem verehrungswürdigen Publikum gedruckt übergeben
werde; damit dasselbe urtheilen kann, ob sie
dieses Schicksal verdient: da weit schlechtere Stük-
ke angenommen, aufgeführet, und den Preis der
dritten Einnahme davon getragen haben.

Nun so sey dann dieser hämischen, niedri-
gen, und der Menschheit so unwürdigen Kabale die Freude gemacht, nach der sie schon so lange gestrebt und gerungen hat; die zu erhalten, sie Neid und Bosheit, Ränke und Tücke
nicht gespart; die sie zu erringen, Biedersinn
und Menschheit aufgeopfert hat; so sey ihr
dann die Freude gemacht: daß ich aus meinem
Vaterlande gehe, aus welchem sie mich schon so
lange verbannen wollte; daß ich sie, mit ihrem

. eugen

engen Kopf, und mit ihrem, für menschliches Gefühl, engem Herzen, von stolz in der Empfindung triumphiren lasse; daß sie, wider einen ehrlichen Mann, — stolz auf diesen Namen, und den ich auch, bei einem Stück trocknen verschimmelten Brodtes, und bei einem faulen Trunk Wasser, werde zu behaupten wissen, — weggeneckt, und weggezehret — und so Gott und der Kaiser es zu lassen — noch manchen braven, rechtschaffenen, ehrlichen Mann weg- necken und wegzehren wird. — — —

Wenn ich, bei meiner Lage, die Wahrheit mit der Fülle meines gerührten Herzens und mit warmer Empfindung vorgetragen habe; so wird mir es ja doch niemand zum Verbrechen anrechnen, daß ich, durch dieses Blatt, aller Welt vor Augen lege, wie man mit mir umge- gangen — Mit mir, einem Landeskinde, — den Hof, Nobleffe und Publikum mit Beyfall und Achtung ehren, schätzen und schützen wol- len; und — den Hof, Nobleffe und Publikum

für

für Neid und Bosheit, und hämische Mißgunst, doch nicht haben schätzen können. — So
lange es nur um Brod allein zu thun war, hab'
ich alle mögliche Geduld gehabt, alles zu ertragen; habe allen möglichen Ansprüchen auf
ein anderes Engagement fahren lassen, und entsagte allen vortheilhaften Anträgen, die ich von
verschiedenen Orten erhalten hatte; entsagte
und verbat so gar die allerhöchste Gnade, die
hiesige Direktion zu übernehmen, welches Se.
Majestät der Kaiser, da ich solche auswärtig
so lange geführet, zu verschiedenen malen mir gnädigst angetragen—Entsagte diesem vortheilhaften
und glänzenden Antrag; nicht aus Unvermö-
genheit, noch weniger aus Trägheit, da ich
überall Ruhm und Ehre eingeerndtet habe —
Entsagte diesen schimmernden Aussichten, bloß
um Friede und Ruhe zu behalten — Aber auch
bey diesem Bezeigen des friedliebenden Betra-
gens wurde ich immer geneckt und gedrücket;
so, daß ich diesen Schritt, mein Vaterland zu
verlassen, um meiner Ruhe und Ehre willen,
thun

thun mußte. Und um mich vor allen Vorwür-
fen sowohl, als der üblen Nachrede zu sichern,
bin ich meiner beleidigten, gekränkten Ehre diese
Rechtfertigung, diese öffentliche Vertheidigung
schuldig: Nur daß ich den Schutz des gerechtesten und gnädigsten Monarchens! den Schoos
meiner Vaterstadt! die seegensvolle Güte des
besten Publikums! um dieser jämmerlichen Kabale willen, verlieren muß; das schmerzt
mich! — Aber — weder mein gerechter Monarch, noch eine gnädige Nachsichtsvolle Noblesse, noch du gütiges Publikum! wirst ißt,
nachdem ich alles entwickelt, alles dargethan,
was mich zu diesem Schritt verleitet hat —
Wirst ißt nicht Undank oder Eigennuß, noch
weniger Eigensinn zur Quelle machen: Dieser
Gedanke, daß ich mir keines von diesen Lastern
und auch sonst nichts, vorzuwerfen habe, beruhiget
mich, und macht mir die Schmerzen meines Ab-
schieds leichter. — — —

Und nun — theuerstes — verehrungswürdiges Publikum! leb wohl! — nimm von mir

den Dank, der zu groß ist, um mit Worten
ausgedrücket zu werden — — den Dank! für
deine unbestechliche Nachsicht, — deinen bis an
das Ende meines Hierseyns fortdauernden Beyfall, den ich nie erschlich, nie erkroch, nie er-
schwabronirte, noch weniger niederträchtig erkaufte — Nimm diesen Dank! — und wenn
ich ißt einen Ort verlasse, in dem Bosheit, Neid
und Mißgunst mein Leben verbitterte, in dem
Kabale und Schadenfreude mich um Brod und
Ehre zu bringen strebte; wo die niederträchtig-
ste Verläumdung, Undankbarkeit und Eigennuß herrscht, welche jeden ehrlich denkenden aus
dem hiesigen Melpomenenstempel noch verjagen
werden! — Wenn ich nun, als ein Frembling
meines Vaterlandes, in einem fremden Lande,
zu andern Menschen der Bosheit und der Schadenfreude entfliehe — O! so stehe mir bei,
großmüthiges, gütiges Publikum! — stehe
mir bei, wenn diese Niederträchtigen, — denen
Niederträchtigkeit zur zweiten Natur geworden,
mich nun, — wenn ich fort bin — durch das
Gift

Gift der Verläumdung um deine Liebe, deine
Huld, die auch noch fern von hier mein Stolz
seyn wird, bringen wollen! Schütze du mich,
verehrungswürdiges Publikum! und glaube
der Verläumdung nicht — Vergiß nicht, daß
ich alles, was ich hier gesagt und geschrieben habe, noch bei meinem Hierseyn, unter Ihren Augen, ja, vor den Augen der ganzen Welt, mit
meinem Namen unterzeichnet, schrieb: Damit,
wenn ja Jemand Zweifel hätte, ich gegen Ihn
vor Gericht und Gerechtigkeit das alles beweise, was ich zu meiner Vertheidigung und Ent-
schuldigung niedergeschrieben, und öffentlich
durch den Druck bekannt gemacht habe! —

Sie aber überlasse ich — — — — um dem
Verfasser der dramatischen Fragmente einen
Ausdruck abzuborgen — „ Sie überlasse ich
ihrer eigenen Schande, „die sie bald genug
„selbst aufreiben wird, wie der Neid immer,
„wenn er lange genug an Andern genagt hat,
„am Ende sich selbst frißt. „ —

Noch einmal — Nimm meinen Dank! ob
er sich gleich nicht in prächtige Worte verhüllt —
Nimm meinen Dank! mit der feyerlichsten Ver-
sicherung: daß ich, an jedem Ort, wo mich mein
Schicksal hinführen wird; dankbar an Dich
denken werde! — Verzeihe mir den Schritt
den ich, um meine Ruhe, um meine Erhaltung,
um meiner Ehre, und guten Namens willen,
gethan — und thun mußte: und —
Leb' wohl! — Lebe Wohl! und vergiß nicht

Deinen

Anhang

Erläuterungen zum Text

Nachwort und Biographie

Anmerkungen

Erläuterungen zum Text

Zu Seite 8: „Vorige Direktion": Heufeld; 1782 war Brockmann Direktor; vgl. S. 22!
Reglowitz; richtig Reglevich, Karl Graf (1739 bis 1783), 1773—1776 Leiter des Wiener Stadttheaters.

Zu Seite 9: „Veränderung mit dem National-theater": 1776, als Kaiser Joseph II. das bisherige deutsche Schauspiel zum Hof- und Nationaltheater machte und unter die unmittelbare Administration des Hofes stellte.

Kienmayer, Johann Michael Franz Freih. v. (1727 bis 1792), 1776—1783 Vizedirektor des Hoftheaters.

Zu Seite 10: „Lieblohn" (oder Lidlohn) = ein alter Ausdruck für Handwerkerlohn, Arbeitslohn; vgl. Kluge-Goetze: Etym. Wörterbuch der deutschen Sprache¹¹, S. 358.

Rhevenhüller-Metsch, Josef Fürst (1706—1776). Fraglich ob Mercy d'Argenteau, Florimund Graf (1727—1794), später Diplomat, gemeint ist. Der Staatsschematismus weist aber keinen anderen auf.

Zu Seite 11: Stephanie d. Jüngere (1741—1800), Schauspieler und Bühnenschriftsteller.

Zu Seite 15: Oeppinger, Josef von (1739—1815), Hoftheaterarzt (s. „Allgemeiner Theateralmanach", Wien 1782, S. 108).

Zu S. 19: Der Theaterausschuß, aus 5 Schau-spielern (den beiden Stephanie's, J. H. F. Müller, J. H. F. Brockmann, K. Steigentesch, für ihn später J. Weidmann) gebildet, wurde 1779 zur Führung der Direktion des Burgtheaters bestimmt. Wegen seiner Parteilichkeit war er vielen Angriffen aus-gesetzt (vgl. G. Gugitz in: „Jahrbuch der Grill-parzergesellschaft", 20. Jg. (1911), S. 271 ff.

Zu Seite 21: Kobenzl, Joh. Phil. Graf (1741 bis 1810).

Weidmann, Josef (1742—1810), Schauspieler am Burgtheater.

Sacco, Johanna (1754—1802), Schauspielerin am Burgtheater.

Jaquet, Karl (1726—1813), Schauspieler am Burgtheater. — Jaquet, Katharina (1760—1786), Schauspielerin am Burgtheater.

Stephanie, Anna Maria (1751—1802), Schauspielerin am Burgtheater.

Zu Seite 22: „sumsten"; sumsen = österr. Dialektausdruck für „summendes Geräusch machen"; Intensivum von „summen".

Zu Seite 24: Rosenberg-Orsini, Franz X. W., Fürst (1723—1796), Hoftheateroberdirektor seit 1776.

„dritte Einnahme", d. i. Einnahme der dritten Aufführung.

Zu Seite 26: „weggezehret" bedeutet so viel wie „weggezerret" (von „zerren").

zu lassen = zulassen = erlauben.

Noblesse = Adel.

Zu Seite 30: Gemeint sind die „Dramaturgischen Fragmente von Johann Friedrich Schink" (Graz 1781, 4 Bde.).

Nachwort

Der Vorstand der Wiener Bibliophilen-Gesellschaft freut sich, mit diesem Faksimile-Neudruck von Johann Baptist Bergobzooms „Letztes Wort an das Publikum" ein äußerst seltenes Viennense, das auch für die Geschichte unseres Burgtheaters in seinen Anfängen von Interesse ist, in die Hände seiner Mitglieder legen zu können. Das kleine Büchlein ist ein echtes Produkt der josephinischen Broschürenflut und entbehrt nicht einer gewissen Aktualität. Bergobzooms bewegliche Klagen beweisen nämlich, daß das Theater in Wien seit jeher ein recht heißer Boden war und man schon damals die Methoden gründlich beherrschte, mit denen man einem mißliebigen Künstler das Leben am Hoftheater verleiden konnte, obwohl der betreffende Akteur sich offensichtlich und nachweisbar der Gunst seines obersten Herrn und Kaisers erfreuen durfte.

Da sich gerade heuer der Todestag des Hofschauspielers Bergobzoom zum 150. Male jährt, ist es uns eine ganz besondere Freude, daß der Altmeister der Wiener Lokal- und Theaterforschung Gustav Gugitz, der hinwieder seinen 80. Geburtstag in diesem Jahr feierte, die besondere Freundlichkeit hatte, sein vor 50 Jahren, also anläßlich des 100. Todestages des Künstlers, veröffentlichtes Feuilleton für die Wiener Bibliophilen-Gesellschaft einer gründlichen Durchsicht zu unterziehen, um es uns in dieser erneuerten Form als erklärendes Nachwort zu unserem Neudruck zur Verfügung zu stellen.

Die Wiener Bibliophilen-Gesellschaft verbindet mit ihrem aufrichtigen Dank für dieses Entgegen-

kommen ihren herzlichen Glückwunsch für Gustav
Gugitz, dem es gegönnt sein möge, zur Kenntnis
von Wiens Geschichte und seiner Kultur noch
manchen wertvollen Beitrag zu leisten!

R. Th.

Johann Baptist Bergobzoom

von Gustav Gugitz

Unter den Thespisjüngern, die bei Hanswurst die ersten Schritte oder Sprünge gelernt hatten, um ihn dann durch den Übergang zum regelmäßigen Theater zu verraten, obschon er ihm durch allerlei Kapriolen und Übertreibungen für die Gunst der Galerien noch gelegentlich anhing, befand sich neben einem J. H. F. Müller, J. Weidmann, dem großen F. L. Schröder, F. W. Weiskern u. a. auch Johann Baptist Bergobzoom, auch Bergobzoomer genannt, dessen Name heute nach gerade 150 Jahren seines Todes nur noch den Theaterhistorikern erinnerlich ist, obschon er einst der Liebling der Galerie war, der er seine naturalistischen Mätzchen zu Gefallen spielte.

Bergobzooms Name würde eine holländische Abkunft andeuten, aber weit davon. Er wurde als Wiener Kind am 9. September 1742, angeblich im Haus „Zum Ofenloch" bei der Tuchlauben, geboren, den Tag darauf zu St. Stephan auf den Namen Johann Baptist Andreas Nikolaus Valentin getauft, und zwar als der Sohn eines Karl Albrecht Christian Berckertshammer (so seine eigene sehr schöne Unterschrift) und einer Maria Anna Mangold. Sein Vater (geb. 1711) war aus Sulzbach in der Pfalz eingewandert und hatte die Maria Anna, weit älter als er (geb. 1702), die aus einer „Kränzlbinder-familie" stammte, 1738 geheiratet. Die Frau betrieb ebendieses Gewerbe in einem ihr eigentümlichen Haus auf der Seilerstätte (als Nr. 922, etwa gegen-über dem Ausgang der Krugerstraße und längst abgebrochen). Ihr Gatte scheint sich aber nicht an dem Blumengeschäft beteiligt zu haben, denn er wird bei seinem Ableben am 16. November 1751 als „librorum inspector" bezeichnet, war also in einer größeren Bibliothek Aufseher, was möglicherweise bestimmend auf den Sohn wirkte. Jedenfalls stand dieser nach dem Tod seiner Mutter am 5. Mai 1757 als kaum fünfzehnjähriger Junge allein da. Von dem schuldenbeladenen Erbe wurden seinem Vormund ein silberner Degen — vielleicht war auch dieser für den Jüngling bedeutsam — und 124 fl. 21 Kr. als letztes Aktivum übergeben. Seiner aber nahm sich eine Verwandte, die Buchdruckerin Eva Maria Schilgen, an, die ihn in ihrer Offizin als Lehrling unterbrachte[1]).

Der junge Mann scheint die Buchdruckerkunst in einigen Jahren erlernt zu haben, aber der „silberne Degen" verlockte ihn wohl, das Soldatenglück im Siebenjährigen Krieg zu suchen, und wir gewahren ihn auf dessen Schlachtfeldern unter Österreichs Fahnen kämpfen und schließlich auch bluten[2]). Nun kehrte er reuig zu seinem Gewerbe zurück und trat in die angesehene Ghelensche Buchdruckerei ein. Hier, wo die meisten „Theaterbücheln" ihren Ausgang nahmen, entschied sich das Leben des aufgeweckten und abenteuerlustigen Gesellen. Kein anderer als der bekannte Schauspieler, Bühnenschriftsteller und gelehrte Topograph F. W. Weiskern, dessen Bücher ja vielfach bei Ghelen ins Leben traten, hatte an dem jungen Berckertshammer Gefallen gefunden und bewog ihn, unter seiner Leitung den Sprung auf die Bühne zu wagen. Dazu wurde nun auch die besser klingende Namensänderung auf Bergobzoom vorgenommen. Vielleicht erinnerte sich der angehende

Mime der holländischen Tulpen, damals große Mode, die seine Mutter aus dieser Gegend einst bezogen hatte. Damals besaß noch jeder das Recht auf die 24 Buchstaben des Alphabets, wie es auch Casanova beanspruchte. Die Polizei hinderte ihn nicht daran. Unter dem Namen Bergobzoom betrat er zum erstenmal im Wiener Stadttheater am 2. Oktober 1764, schon 22 Jahre alt, als „Neptun" im „Bestraften Rebellen" die Bretter, die fortan für ihn die Welt bedeuten sollten und ihn unter dem neuen Namen den erstrebten Ruhm finden ließen.

Zu bald aber verhinderte der Tod Franz I. durch die Theatersperre die weitere Bühnentätigkeit dieses aufstrebenden Talentes. Bergobzoom wandte sich daher kurz entschlossen nach München, wo der berühmte Hanswurst Kurz-Bernardon 1765 eine Truppe sammelte. Weiskern, der ehemalige Kompagnon von Kurz, dürfte seinen Schüler empfohlen haben, der auch bald, namentlich in den Tyrannenrollen, Beifall fand. Freilich sollten ihm später bei aller anerkannten Bedeutung noch immer allerlei Mätzchen aus dem extemporierten Schauspiel und von den Wandertruppenmanieren anhängen. Mit der Kurz'schen Gesellschaft³) zog er 1766 nach Nürnberg, wo er sich aber auch schon im regelmäßigen Stück zeigte. Auch nach Frankfurt a. M. begleitete er noch immer (1767) den Meister, der aber hier schlechte Geschäfte machte, so daß sich schließlich die Gesellschaft — vielleicht zu Ostern 1768 in Mainz — trennte. Mit Teresina Kurz spielte jedoch Bergobzoom noch vom 5. Juni bis 5. Oktober 1769 in Augsburg⁴), dann begab er sich nach Innsbruck⁵), wo er geradezu reformatorisch wirkte, sich ganz für das regelmäßige Stück einsetzte und den Theatergeschmack sichtlich besserte. Von 1770 bis 1771 leitete er bereits als Direktor zusammen mit Teresina Kurz das Theater. Aber die Theater-verhältnisse dieser Provinzstadt mochten doch für einen aufstrebenden Schauspieler ein wenig ansprechendes Betätigungsfeld abgegeben haben, auch versuchte Kurz gerade wieder sein Glück in Wien und so wandte sich auch Bergobzoom wieder nach seiner Geburtsstadt. Er hoffte, vielleicht bei Kurz eine Stelle zu finden, aber dieser sollte dem Ansturm von Sonnenfels und Genossen unterliegen. Bergobzoom erfaßte die Lage richtig, verriet den „grünen Hut" des alten Meisters und saß bald zu den Füßen Sonnenfels' bei dessen Vorlesungen.

Hier in Wien traf ihn nun 1771 der Ruf Brunians, des Prager Theaterdirektors, der sehr schlecht gewirtschaftet hatte[6]) und den begabten Schauspieler zur Auffrischung und Regelung seiner Bühne kommen ließ. Am 25. Oktober 1771 trat Bergobzoom als „Zapor" im „Renegat" in Prag zum erstenmal auf und Brunian, bald unter Kuratel gestellt, wurde ihm in künstlerischen Angelegenheiten untergeordnet. Bergobzoom wirkte nun vorbildlich als Oberregis-seur bis 1774 in Prag, von wo ihn aber aber Streitig-keiten mit dem Personal vertrieben. Er war in die Netze der Mad. Naumann gefallen und gefiel sich als selbstherrlich und rechthaberisch. Zwischen Christ[7]), der Bergobzooms Charakter sehr schwarz schildert, und ihm kam es zu bösen Tätlichkeiten. Er wandte sich nun wieder nach Wien, wo er am 4. Juni 1774 als Richard III. in dem gleichnamigen Stück von Christian Felix Weisse im Hofburgtheater mit einem so hinreißenden Spiel auftrat, daß er, für die damalige Zeit unerhört, zum erstenmal hervorgerufen wurde, welcher Brauch sich mit ihm einbürgerte und allgemeines Aufsehen erregt hatte⁸). Wenn aber behauptet wurde⁹), daß er der einzige unter den f r e m d e n Schauspielern gewesen wäre, der in Wien Glück machte, so ist dem entgegenzuhalten, daß er der bodenständigste Wiener Schauspieler war wie keiner, was auch in gewissen Charakterrollen trefflich zum Ausdruck kam (s. später). Die folgenden Jahre waren für ihn eine Zeit der größten Erfolge, aber damit auch der bittersten Anfeindungen und Ränke, denen er sich endlich nicht mehr gewachsen zeigte. Wie bitter ihn namentlich Stephanie d. J., der ungefähr das gleiche Rollenfach innehatte, verfolgte und alle widrigen Zufälle schildert er ja in der hier vorliegenden Denkschrift „Letztes Wort" hinlänglich drastisch. „Weggeneckt und weggezehret..." — auch seine Stücke ließ man durchfallen —, blieb ihm nichts übrig, als zu Anfang des Jahres 1782 seine Entlassung zu fordern. Während Fr. Nicolai¹⁰), der kein gutes Haar an seinem Spiel ließ, seine Entfernung begrüßt, empfanden andere seinen Abgang als einen empfindlichen Verlust¹¹). Er hatte neben dem großen Schröder, der bezeichnend sein Freund war (übrigens waren beide auch Freimaurer), gleichwertig geglänzt und nach Schröders Ausspruch¹²), der nicht anzuzweifeln ist, spielte er österreichische Charakterrollen, wie Bauern, Handwerker, Wirte usw., „unübertrefflich".

Bergobzoom hatte inzwischen am 16. April 1777 die bedeutende Sängerin Katharina Leitner-Schindler (geb. Wien, 21. Juni 1755) geheiratet, die ihm nicht weniger als 11 Söhne gebar. Durch sie kam er in

die Verwandtſchaft der berühmten Muſikerfamilien
Mozart und Weber. Mozart erwähnt in ſeinen Brie-
fen die freundſchaftlichen Beziehungen zu Bergobzoom, der ſich um einen Operntext für ihn bemühte¹³).
Mit ſeiner Frau begab er ſich nun noch im Jahre
1782 für ein kurzes Engagement nach Braun-
ſchweig¹⁴), wo er aber mehr der Mann der berühmten Sängerin war. 1783 gewahren wir ihn wieder
in Prag, wo ein neuer Direktor, Karl Wahr, wirt-
ſchaftete. Nach einjährigem Aufenthalt, während
welchem er keine beſondere Anziehungskraft bildete,
ſchied er, da er in Brünn, wo die Theaterverhält-
niſſe im argen lagen, eine größere Rolle zu ſpielen
hoffte. Vor Oſtern des Jahres 1784 — vorher ſoll er
noch Gaſtrollen in Riga gegeben haben — übernahm
er die Leitung des Brünner Theaters¹⁵). Dazwiſchen
hatte er (1784) noch um eine Bewilligung für das
Kärntnertortheater gebeten und ſie für drei Tage in
der Woche erhalten¹⁶). Er ſcheint auch dort vorübergehend geſpielt zu haben.

Es blieb aber bei dem Brünner Theater. Auch
hier ſtellte er ſich in ſeiner viel kritiſierten Glanz-
rolle Richard III. vor. Schon am 14. Juni 1785
brannte indeſſen das Theater vollkommen ab. Bergobzoom bewährte ſich jedoch als Praktiker und er-
richtete in wenigen Tagen eine proviſoriſche Bühne.
Er hatte inzwiſchen vom Herbſt 1785 bis Faſten 1786
mit ſeiner Geſellſchaft auch in Olmütz geſpielt¹⁶ª).
Übrigens ging man raſch an den Bau eines neuen
Theaters, das aber kaum gebaut am 16. Jänner 1786
wieder in Flammen aufging. Über Bau, Verwal-
tung und Leitung des Theaters entſtanden nun
widerliche Streitigkeiten¹⁷). Um dieſen zu entgehen

und in einer ungewissen Lage bewarb er sich 1786 um das Theater in Lemberg, zu dessen Gründung er einen Entwurf einsandte und das er gegen eine Beihilfe von 20.000 fl. übernehmen wollte[18]). Diese Gründung lag in der deutschen Ostpolitik Josephs II. Doch wurde Bergobzoom abermals nach Brünn zurückberufen, und zwar auf Veranlassung des Kaisers selbst, der ihm geneigt war und die Stadt Brünn zur Übernahme des Theaters bewog. Er erhielt auch namhafte Unterstützungen vom Kaiser, so 1787 nicht weniger als 7500 fl., mußte aber weitere Hilfe gegen seine Gläubiger[19]) erbitten. Seine künstlerische Leistung erfreute sich großen Beifalles, auch hatte er eine stattliche Truppe zusammengebracht, darunter seine Frau, die aber dann nach Prag ging, wo sie am 18. Juni 1788 starb. Leider erhielt er am 3. Mai 1788 von den Stadtvätern in Brünn sein Entlassungsdekret, widrige Verwaltungsangelegenheiten, insbesondere ein Streit wegen der Erneuerung des Kostümfundus, waren die Ursache und die Prozesse darüber dauerten bis 1792. Als Niederschlag seiner Brünner Theatertätigkeit erschien ein als Unikum der Österreichischen Nationalbibliothek geltender „Theaterspiegel des Brünner Theaters (1788)".

Abermals begab sich Bergobzoom auf die Wanderschaft und nach dem Gotha'schen Theaterkalender von 1790 wäre er 1789 vorübergehend bei Wahr in Prag gewesen. Von Ostern 1789 bis wider Ostern 1790 leitete er aber das Theater in Pest mit einem in seiner Reichhaltigkeit verblüffenden Repertoire[20]). 1791 konnte er sich endlich dauernd in Wien als Hofschauspieler niederlassen, ohne es jedoch mehr zu einer besonderen Bedeutung zu bringen. Er blieb bis an sein Lebensende im Nationaltheater und lebte in geordneten Verhältnissen, worauf sogar ein Zeitgenosse[21]) im Gegensatz zu anderen Schauspielern aufmerksam machte. Schon 1774 hatte er 1400 fl. Gehalt, später nur 1200 fl. Doch scheint er daneben mit Musikalien gehandelt zu haben. Schröder wollte eine Partitur von ihm kaufen, doch war sie ihm zu teuer[22]). Der alternde Künstler lebte in aller Bequemlichkeit in 4 Zimmern im sogenannten „Schubladkastenhaus" auf der Freyung, wo er auch am 12. Jänner 1804, wohl nach längerer Krankheit, denn er war zum letzten Mal am 23. Februar 1801 aufgetreten, starb. Eine Eigentümlichkeit seiner Wohnung war, daß sie nicht weniger als 533 gerahmte Kupferstiche zierten. Eine schöne Bibliothek, auf 253 fl. geschätzt, war vorhanden, leider kein Katalog dazu. Nach Abzug aller Passiven verblieben dem einzigen überlebenden Sohn Anton, einem Großhandlungspraktikanten, noch 611 fl.[23]).

Über Bergobzooms schauspielerische Fähigkeiten liegen die widersprechendsten Urteile vor. Während ihn die einen als großen Charakterschauspieler rühmen, darunter keine geringeren als Schröder und Schink[24]), machen sich andere wegen seiner „Kulissenreißerei" über ihn her. „Charlatan", „tragischer Don Quixote", „Krimskramer" u. a. sind so die Liebenswürdigkeiten, womit man ihn bedenkt[25]). Am meisten wird seine wenig wohllautende Stimme und sein österreichischer Dialekt getadelt, der aber mit seinen niederen, komischen Charakteren, die Schröder unübertrefflich findet, im Einklang stand. Risbeck nennt ihn bezeichnend den „größten Charlatan", aber zugleich „den besten Künstler seiner Art". Er gehörte gewiß zuerst zu den unruhigen Wandertalenten, die um der bloßen Beifallshascherei willen zu allerlei Übertriebenheiten greifen. Jedenfalls huldigte er einem ganz krassen „Verismo", obschon er bei einem recht akademischen französischen Schauspieler Hedou in München längeren Unterricht genommen hatte, der ihm die französische Manier in Sprache und Bewegung beibringen sollte. Jedenfalls waren auch die vielen Anfeindungen daran schuld, daß er der Galerie Zugeständnisse machte. Nach F. C. W. Meyer, dem Biographen Schröders, waren Bergobzooms Bewegungen malerisch schön, kühn und leicht. Er stürzte als Pierre im „Geretteten Venedig" sieben Stufen rückwärts hinab, so daß der geschreckte Zuschauer unwillkürlich an den eigenen Kopf griff. Darauf gehen wohl auch die Verse Blumauers:

„Wird er noch stets ins Schauspiel geh'n,
Um da mit allen Vieren
Dem Purzelbaum des Sterbenden
Im Stück zu applaudieren?"

Er gab einen ritterlichen Zweikampf, das Eindringen, Wanken, Hinsinken, Aufraffen aus Blut und Staub, gab die Zuckungen eines Sterbenden mit Vollendung, aber quälte sich auch mit Künsteleien, nahm Seife in den Mund, um wirklich zu schäumen. Er fiel mit Drehschritten und gab sich, um besser hinken zu können, Erbsen in die Schuhe. In seine Frisur setzte er Haare, die er sich im Affekt ausraufen konnte. Er war so ängstlich wählerisch in seinem Anzug, daß er einen ungeheuren Vorrat von Knieschnallen mit sich führte, jedes Paar für eine besondere Rolle bestimmt, weshalb die Spötter ihm ebensoviele Halsschnallen andichteten.

Höchst charakteristisch ist sein Ausspruch über Schröder, seinen Freund: „Die Flamme brennt, aber das recht kalte Eis brennt auch. Schröder ist die lodernde Flamme! Ich würde toll sein, in dieser Eigenschaft mit ihm zu wetteifern. Aber sie werden schon noch dahinkommen, sich am kalten Feuer zu verbrennen." Er war also der Typus jener hochbegabten, aber von allem Maß verlassenen Komödianten, deren die frühere Theatergeschichte die Menge kennt. Aus der letzten Zeit aber werden die zärtlichen und komischen Väter gerühmt, die Figuren aus dem Volk, die er einfacher und naturwahrer gab als früher die Könige und Tyrannen.

Nur einige Worte wären noch über seine kurzlebigen Theaterstücke zu sagen, die nur zum Teil gedruckt wurden[36]). Vielfach sind sie Bearbeitungen aus dem Französischen, auch die wenigen eigenen sind nur Nachahmungen der französischen Charakterstücke, wie schon die Titel („Die Ungezogenen", „Die Verleumderin", „Die Jäger" usw.) besagen. Ein gewandter Dialog ist einzig erfreulich in diesen schematischen Stücken, die ein Schauspieler für sich geschaffen hat und einzig und allein durch sein Spiel beleben konnte. Die Kritik nannte sie aber gelegentlich „Kreuzerkomödien".

Bergobzoom ist wie so viele seiner Genossen vergessen, die dennoch sich gleich ihm um die Hebung des Schauspielerstandes wie auch des Niveaus des Theaters verdient gemacht haben. Er hat sich aus den Niederungen des fahrenden Schauspielers zu einer achtunggebietenden Stellung aufgeschwungen und zog in der Betreuung verschiedener Bühnen den Schauspielerstand als Kulturträger für deutsches Wesen heran. Es ist unverdient, daß die bildende Kunst seine Züge nicht festgehalten hat. Auch kein Nachruf stellte sich in Wien ein, was der „Eipeldauer"[27]) mit Recht tadelt. Dafür gedachte die „Preßburger Zeitung"[28]) seines Hintrittes. Einzig in diesen nun erneuerten Zeilen kann ihm ein Kranz nach 150 Jahren seines Todes, wie einst nach 100 Jahren[29]), zum ehrenden Gedächtnis gereicht werden, da ihm kein anderer auf sein längst vergessenes und unbekanntes Grab gelegt werden kann.

Anmerkungen

[1]) Dazu die Akten im Archiv der Stadt Wien (Gerichtsarchiv/Fasz. 116, Nr. 51; Fasz. 185, Nr. 56. Es sei hier mein herzlichster Dank Herrn Professor Richard Smekal für verschiedene genealogische Hinweise ausgesprochen. Nach Franz Gräffer, Zur Stadt Wien, 1844 (1849?), S. 169, wäre Bergobzoom im sogenannten „Ofenloch" bei der Tuchlauben geboren worden.

[2]) Siehe „Bergobzooms letztes Wort" S. 6.

[3]) Ferdinand und Fritz Raab, Joh. Jos. Felix von Kurz, genannt Bernardon, 1899, S. 135 ff.; Perth, Geschichte des Theaters zu Mainz, 1879, S. 36.

[4]) F. A. Witz, Versuch einer Geschichte der theatralischen Vorstellungen in Augsburg (1876), S. 140, 193.

[5]) Konrad Fischnaller, Innsbrucker Chronik, 1930, III, S. 66.

[6]) Oskar Teuber, Geschichte des Prager Theaters, II, S. 103 ff.; J. H. F. Müller, Theatral-Neuigkeiten, 1773, S. 153 f.

[7]) Josef Anton Christ, Schauspielerleben, ed. Schirmer, Ebenhausen—München, 1912, S. 23 ff., 34 f., 36, 46.

[8]) Sogar das Wienerische Diarium nahm davon Notiz, Jg. 1774, Nr. 47.

[9]) Das Wiener Allerlei, 1774, 2. Stück, S. 214.

[10]) Beschreibung einer Reise durch Deutschland und die Schweiz im Jahre 1781, Berlin und Stettin 1784, 4. Bd., S. 591 ff., 599, 602.

[11]) Meine Empfindungen im Theater, 1781, II, S. 15, 27. Diese sprechen von der „Größe Schröders und Bergobzooms" und brechen zugleich in die Worte aus: „Und ... diesen würdigen Schauspieler sollten wir ehemals verlieren?" Eine geradezu vernichtende Kritik findet sich dagegen in: „Allgemeine Übersicht der Wissenschaften und Künste in den K. K. Staaten" Wien 1789, I, S. 309 ff., 346 f.

[12]) Über Bergobzooms Verhältnis zu ihm vgl. F. C. W. Meyer, Friedrich Ludwig Schröder, Ham-

burg 1819, I, S. 162, 166, 169, 173, 175 ff., 340, 395;
II, S. 83, 85, 87, 89, 90.

13) Mozarts Briefe von L. Nohl. Salzburg 1865,
S. 299.

14) Oskar Teuber, a. a. O.

15) A. Rille, Gesch. des Brünner Stadttheaters,
1885, S. 43 ff. Christian d'Elvert, Geschichte des
Theaters in Mähren, 1852, S. 89 ff.

16) Kabinettsprotokolle der Kabinettskanzlei im
Wiener Staatsarchiv, 30. Bd. (1784), S. 666, 943.

16a) Franz Peyscha, Beiträge zur Chronik von
Olmütz, 1867, S. 44; Christian d'Elvert, Geschichte
des Theaters in Mähren, 1852, S. 142 f.

17) Über Bergobzooms Tätigkeit in Brünn befan-
den sich einst zahlreiche, jetzt leider durch die Kriegs-
ereignisse vernichtete Akten im Wiener Staatsarchiv
aus den Jahren 1784 bis 1788.

18) Staatsratsakten 1786, Nr. 3418; Kabinettsprotokolle a. a. O., 38. Bd., S. 736.

19) Solche Klagen von Gläubigern finden ihre
Niederschläge in den Contentionsakten des Gerichts-
archives im Archiv der Stadt Wien in den Jahren
1786, 1789, 1790, 1791, 1793—96, die aber auch nicht
mehr alle erhalten sind. 1791 klagte ihn der Kom-
ponist Franz Duschek wegen einer aus dem Jahre
1788 stammenden Schuld von 800 fl. und pfändete
ihm 98 für die Musikgeschichte wertvolle Partituren
(Fasz. VII, Nr. 514 ex 1791).

20) Jolan Kadár, A budai és pesti német szinészet
törtenete 1812, 1914, S. 40 ff.

21) [K. Risbeck]: Briefe eines reisenden Franzosen
über Deutschland, 1784, I, S. 261.

22) F. L. W. Meyer, a. a. O.

23) Verlassenschaftsakt im Archiv der Stadt Wien,
Fasz. II, Nr. 3066 ex 1804.

24) Zusätze und Berichtigungen zur Galerie deut-
scher Schauspieler, 1783, S. 15 ff.

25) 3. B. in: Gotha'sches Theaterjournal, 1784,
22. Stück.

26) Vergl. Goedekes Grundriß, 2. Aufl., Bd. V,
S. 311.

[27]) Briefe des jungen Eipeldauers, 1804, 25. Heft, S. 33.: ... dem braven Bergobzoomer, der auch von unserm Welttheater abtreten ist, sind sie's Ehrendenkmahl noch bis auf d'Stund schuldig und der hätt doch auch ein Paar Wort verdient, denn er war nicht nur ein geborener Wiener, sondern ein großer Künstler zugleich: weil er aber fast lauter undankbare Rollen gespielt hat, so hat er halt auch auf keine Dankbarkeit warten dürfen."

[28]) 1804.

[29]) Ich gedachte seiner vor 50 Jahren in: „Deutsches Tagblatt, 13. 1. 1904". Vor mir finden sich Biographien fragewürdiger Natur bei: Franz Gräffer, Zur Stadt Wien, 1849, S. 162 ff. und im: Humorist, 1847, S. 653 f. Einzig O. Teuber in seiner „Geschichte des Prager Theaters, a. a O." gibt, ohne daß ihm freilich die Archivalien bekannt waren, ein ansprechendes Bild seines Lebens und Wirkens, was er zum Teil im „Neuen Wiener Tagblatt" vom 3. 7. 1897 wiederholt.

Dieser Fakſimile-Neudruck bildet
die 42. Jahresgabe der Wiener Bibliophilen-
Geſellſchaft und wurde im Jahre 1954 ausgegeben.
Die Herſtellung des Fakſimiles beſorgte die Firma
Bors & Müller, Wien, I., auf holzfreiem Antike-
Papier im Rotaprint-Verfahren. Die Erläuterungen,
das Nachwort und die Biographie druckte die
Ueberreuterſche Buchdruckerei und Schriftgießerei
M. Salzer, Wien, IX., in der Petit Alt-Schwabacher.
200 Stücke wurden hergeſtellt. Dieſes trägt die

Nr.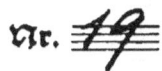